A POETRY BOOK FOR YOU

A Poetry Book for You

ⓒ 이상준, 2024

초판 1쇄 발행 2024년 7월 26일

지은이   이상준
펴낸이   이기봉
편집   좋은땅 편집팀
펴낸곳   도서출판 좋은땅
주소   서울특별시 마포구 양화로12길 26 지월드빌딩 (서교동 395-7)
전화   02)374-8616~7
팩스   02)374-8614
이메일   gworldbook@naver.com
홈페이지   www.g-world.co.kr

ISBN   979-11-388-3388-2 (03810)

A POETRY BOOK FOR YOU

당신을 위한 시집

방황하는 마음을 어루만져 주는 시집

이상준
Sang Jun Lee

좋은땅

시인의 말

『A Poetry Book for You』는 제가 근 2년간 간간히 쓴 시들을 수록한 책입니다. 이제는 졸업한 영문학도로서 영어 시 또한 일부 삽입되어 있습니다. 이 시집에 누구나 시인이 될 수 있다는 저의 신념을 담았습니다. 읽는 이들로 하여금 제 시가 조금이라도 위안이 되었으면 좋겠습니다.

This book includes poems that I had been working on for the past 2 years. As a former English literature student, I had occasionally written English poems which I also have included in this collection of mostly Korean poems. This book is a reflection of my personal belief that everyone can be a poet. I hope this book will provide comfort and solace to those who need them most.

목
차

너의 모든 면

너의 모든 면이 좋아
옆에서 보면
가늘고 긴 몸과
도독하다 못해 두툼한 입술
꽃잎과 같이 얄브스름한 속눈썹

뒤에선
그 깊이를 알 수 없는 신비한 광채와
빛에 비출 때 완벽한 명암을 이루는
둥글게 떨어지는 막힘없는 몸매

그중에서도 최고는
너의 앞모습

해맑게 웃는 갸름한 얼굴과
눈으로 빽빽한 설산과 같이
어우러지는 새하얗고 모공 하나 없는 피부

그 앞모습을 볼 수 있게
나에게 등을 돌리지 말아 줘

첫사랑

첫사랑은
상큼한,
설레는,
고마운,
가끔은 얼떨떨한,

또 애끓는
전전긍긍함

그 미칠 것 같은
위태위태함

그 넌더리나는
메스꺼움

후회되는,
아픈,

그렇게 잊혀지고
남이 되는

불확실성의 확실성

세상에 확실한 게 없다
그렇다면 불확실한 것은
확실히 확실한 것일까?

미래가 불확실하다면,
그렇다면 미래가 불확실한 것은
확실히 확실한 것일까?

확실한 건,
오늘 먹은 카레가
맛있다는 것이다

그렇다면 카레가 맛있는 건
정녕 확실한 것인가?

오늘은 카레
내일도 카레

글피도 카레

이젠 똥물로 보이네

아아, 이것도 확실치가 않네

Sadistic Mantis

She greeted me with a cold embrace

And jumped at me with feline grace.

Without desire, our hands caressed.

Pretending passion, we undressed.

I groped and grabbed her meager bust.

We reached a peak and lay abreast.

An unknown power began to thrust.

She slapped my cheek and struck with fist

And gnawed my lips and sprained my wrist.

She snapped my joints and stabbed my thigh

And spanked me hard which made me sigh.

She ripped my ribs and seized me tight.

I groaned with pain and raised a cry.

She poked my eyes and said goodnight.

She plucked my head indifferently

And hacked my body ardently.

Like ceaseless fountain, gushed my blood.

I wailed until my tear would flood.

Like a hanged person I felt strained.

She sawed my body like cold-blood.

In quadrisect, my shape remained.

When the quarrel ended you left.

Your fading footprints make me bereft.

I'm rotten now without a form

Like shattered pieces after a storm.

But knowing how you'll later cherish

My sacrifice and suffering,

With peace and passion, I will perish.

Toilet's Trials and Tribulations

A striking presence caught me by surprise.
She had a waist as wee as any wasp's
That formed a valley with her buttock's rise,
Attenuated limbs like galliwasps'
And torso slick and slim resembling asps.
She bent her body as she stood in line
With gathered hands which seemed almost divine.

Her lower abdomen protruded from
The otherwise reduced and thin belly.
She licked her lips to eat a little crumb
Of biltong from an African deli,
And farted out a reek of vermicelli
On top of undigested garlic bread.
Irate, I wished she might as well be dead.

She casted me a sudden lustful look,

Undressing pants without a second thought.

An invitation which I never took.

To aim at me she sat with body squat,

Releasing excrement that smelled so rot.

The feces various in length and form;

The lumps, the spheres, the snakes that formed a swarm.

A teensy-weensy, itsy-bitsy clump

Of watermelon seed that's undissolved

Had come throughout an anus on her rump.

The reason as to why I got involved

In such an act is a riddle unsolved.

She groaned and heaved a sigh of relief

And made me cry with flushing sound of grief.

Difficulty of Learning English
as a Second Language

A boat in a harbor

The harbor harbored

a political refugee who harbored

a grudge against a dictatorship

He wielded his pen to write a manifesto

that criticized a dictator

who wielded absolute power

According to the manifesto

that the revolutionary issued

which was a manifestation

of his manifest political concern,

it is manifest that he manifested animosity

toward the dictator

who manifested signs of corruption

The revolutionary revolutionary further wrote a novel

that suggested a novel approach to political corruption

which would further the political integrity

One major characteristic of his characteristic novel

lies in its dystopian society

where a greedy dictator rules

and the law no longer is a rule in operation

The novel, though fictional,

makes acute observations

regarding acute political problems

Although the revolutionary

executed his duty as a citizen

by exposing the corrupted government,

the dictator executed a search warrant

and he was captured and executed for treason

and after the execution an executer

executed the deceased's will.

사라지는 모든 것

영원한 건 없다

가을이 되면

형형색색 물들었던 낙엽은 후두둑 지고

겨울이 되면

은빛 세상 만들었던 눈도 녹고

여름이 되면

겨울 마른 가지 꽃 피운 목련도 시들고

봄이 되면

선명한 빨간빛 뽐내던 포인세티아도 가네

봄 여름 가을 겨울 사계절도

봄과 가을이 점점 짧아지며

곧 없어지겠지

그러면

봄과 가을을 동반하는 것들도

점차 사라지겠지

구름의 형상

뭉게뭉게 피어오르는 쌘구름
양들이 몰려 우르르 가는 높쌘구름
새털을 뽑아 하늘에 흩뿌린 새털구름
반복되는 띠가 물결을 이루는 털쌘구름
온 세상을 회색빛으로 물드는 비층구름

그중에서도
너를 생각하는 내 마음은 쌘구름
상처받은 내 마음은 새털구름
끝끝내 어두운 비층구름

바람의 소리

바람의 소리를 듣는다

나를 무심하게 지나치는 너의 위잉 위잉
가끔은 온화하게 어루만져 주는 솔솔솔
나를 강하게 때리는 쏴쏴
그러다가 휙 뒤돌아 버리는 휘이휙
나의 풀을 죽이는 파르르
울적한 마음이 더 쌓이게 하는 우수수

바람의 소리는 내 마음의 증폭제

너의 한마디

너의 한마디가
나를 죽이고
너의 한마디가
나를 살리고
너의 한마디가
나를 다시 죽인다

이제 다시 한번
그 가벼운 혀를 놀려서
나를 살려 줘

쓸쓸함에 대하여

너무 외롭고 힘든 쓸쓸함은
배 속에서 나만 들리는 뱃고동이
길고 묵직하고 날카롭게 울리는 것과 같이
나의 허전하고 빈속을 공명하며 헤집어 놓는다

나를 아껴 주는 사람에게 의존하고 싶다
믿을 수 있는 사람에게 기대고 싶다
타인과 따뜻한 소통을 하고 싶다
너무 처량하여 자기 자신을 동정한다

나는 타인에게 아낌을 베풀 수 있는 사람일까?
나는 타인에게 믿을 수 있는 사람일까?
나는 따뜻한 소통이 가능한 사람일까?
이 쓸쓸함이 나의 행동에서 기인하는 것일까?

참고 견디는 것에 대하여

오늘도 마음속으로 되뇌는 한마디

내가 참아야지
내가 어른이니까
내가 아빠니깐
내가 엄마니깐
내가 아들이니깐
내가 딸이니깐
내가 며느리니깐
내가 형이니깐
내가 동생이니깐
내가 누나니깐
내가 견뎌야지

참기보단
품어야지

나는 내면이 단단하니깐

배려하는 사람이니깐

받아들일 줄 아는 사람이니깐

윷놀이

어릴 적 명절이 되면
삼삼오오 전을 부치고
다 같이 먹고 하던 윷놀이

모가 나오고,
다시 던져 또 모가 나오니까
할머니는 오늘 돈 좀 따겠네!
희희낙락
거의 다 와서 백도가 두 번 연속 나와서
이번 해에 재수 옴 붙으려나?
한숨 쉬는 작은아버지
낙이 돼서 말을 움직일 수 없게 되어
빈정 상한 큰아버지
처음부터 백도가 나왔다가
도가 나와서 제일 먼저 골인해
돈을 쓸어 담으며
저녁을 내가 쏠게! 하는 아버지

네 개의 나무 막대기로 하는

간단한 게임에

한 가족이 행복하고

십육분의 일의 확률의

윷이나 모에

희열을 느끼고

1년 동안 못 본 가족을

다시 단단하게 묶어 주네

살아간다는 것의 아이러니

흔히들 말한다
살아간다는 것은 아픔의 연속이지만
동시에 어제 죽은 사람이 그리던 행운이고
어려움과 고난의 연속이지만
그 고난을 희석시켜 주는
이따금의 행복의 세례라고

죽지 못해 사는 사람에겐,
살아가는 것이 일이고

삶을 갉아먹어 죽어 가는 사람에겐,
살아가는 것이 사치이고
살아가는 것이 죽어 가는 것이며

또 살기 싫어서 죽는 사람들에겐,
살아가는 것이 짐이고
죽는 것이 살아가는 것이다

살아간다는 것은
참 아이러니하다

꽃눈개비

마치 꽃 같은 눈이 떨어진다

겹눈은 마치 겹꽃의 데이지
동그란 눈은 매혹의 튤립
우수수 내리는 모습은 아카시아

노란 꽃가루가 날리듯 하얀 눈가루가 날리고
꿀벌이 꽃에 윙윙 달려가듯
제설차가 사이렌을 키고 눈을 치우네

꽃눈개비 날리는 날은 눈꽃 날리는 날

부레옥잠

일 년에 딱 하루
꽃 한 번 피우기 위해

일 년의 삼백육십사 일을
물 위에 둥둥 떠서
강물에 치이고
한파에 얼고
장마에 쓸려 내려가고
사람에 의해
닭 돼지의 사료가 되면서도

일 년에 딱 하루
꽃 한 번 피우기 위해
부레옥잠은 삼백육십사 일 버틴다

꼬마 유령 캐스퍼 산

횡성에 가면
초록 빛깔 산 능선이
병풍같이 펼쳐진다
그중에서 특이한 건
단일 봉우리
꼬마 유령 캐스퍼 산

마치 하얀색 헝겊으로
산을 덥고 그 위에
초록색 물감을 뿌려 놓은 듯
혼자 솟구쳐 있는 캐스퍼 산

이 무슨 자연의 장난인가?

홀로 서 있는 그 처연함
그 유일무이함
그 허전함

오랜만에 볼 때의
그 정겨움

꼬마 유령 캐스퍼 산

백만 송이

당신과 같은 하늘 아래 있어서
저는 비로소 숨 쉴 수 있습니다
당신과 같은 시기에 같은 공기를 마셔서
저는 하늘을 껴안았습니다
은은한 달빛 세례와 같은
당신의 감미로운 목소리를 들을 수 있어
저는 바다를 얻었습니다

당신을 위해 백만 개의 별을 따다 드릴게요
그것이 안 된다면 백만 송이 장미를 드릴게요

연금술사

이루지 못할 꿈을 꾸는 건
결코 부끄러운 것이 아니다
일어날 수 없는 가능성을
추구하는 것은
결코 창피한 일이 아니다

다만, 그만둬야 할 때를
모르는 것은
무책임한 일이다

사랑이 떠난 자리에는

사랑이 떠난 자리에는
마리아나 해구의 깊이에 필적하는 공허와
사하라 사막의 넓이를 맞먹는 슬픔과
버뮤다 삼각지대를 견주는 혼란스러움이
동시에 찾아온다

바로 그 자리에
다른 사랑이 찾아온다

전 사랑에게 받은
그 깊은 구멍을 메꾸어 주고
그 넓은 슬픔을 헤아려 주고
그 혼란스러운 마음을 치유해 주는
새 사랑이

궁구한다는 것

단지 열심히 하는 것을 뛰어넘으면
잘하는 단계에 온다
단지 잘하는 것을 뛰어넘으면
능숙하게 하는 단계에 온다
단지 능숙하게 하는 것을 뛰어넘으면
무의식적으로 하는 단계에 온다
단지 무의식적으로 하는 단계를 넘으면
궁구하는 단계에 온다

세상이 정한 기준과
남들의 평가를 개의치 않고
나만의 세계 속에
나만의 우주를 만들고
그 우주에서 내가 하고 싶은
모든 것을 할 수 있는 단계

앎에 대해

모르는 것을 안다고 하는 사람은
정말 그것을 아는 것이 아니다
그럼 아는 것을 안다고 하는 사람은
정말 그것을 알고 있는 것일까?

어제 알던 것
오늘 다르고
오늘 아는 것
내일 바뀌고

무엇인가를
안다고 하는 사람은
어제만 살거나
오늘만 살거나
내일만 사는
사람인가 보다

상전벽해의 세상

아는 것은 모르는 것이고

모르는 것을 아는 것이 아는 것이다

밀고 당김의 고수

자주색 나팔꽃을 보고 있으니

어릴 적 나팔꽃을 따서
입으로 후후 불면
나팔 소리가 나지 않아
입이 삐쭉
눈물은 빼곡하던 기억
마치 어제 일처럼 되살아난다

벽에 세워 둔 긴 막대기를 타고 올라
창문을 열면 마치 나팔을 불 듯
좋은 소식으로 나를 반겨 주던 모습

그러고 저녁이 되면
어김없이
금방 시들어
나의 마음을

울적하게 만들던

밀고 당김의 고수

순정

나는 해바라기 당신은 태양
나는 당신만 바라보고
당신은 이런 내가 부담스러워
자꾸 나의 시선을 피하오

이루어질 수 없다 해도
나는 눈부시도록 빛나는
당신을 바라만 봐도
배가 부르고 행복합니다

정변의 아이콘

양파 같은 튤립 구근을
땅에 심고 잘 관리해 주면
이내 아름다운 튤립 꽃이 핀다

요즘 말로 하면
정변의 아이콘

화려함의 대가

봄에 벚꽃이 만개하면
부끄러운 듯 꽃잎을 오므리고 있던
하얀 목련도 나뭇가지를
가득 메우며 노래를 하고
그 아래를 노부부가 걷고
또 어린아이가 뛰어놀고
막 사귄 연인이 찾아오네

큰 꽃을 하염없이 피우는
아름답지만 무거운 목련은
그 화려함의 대가를
새하얀 꽃잎의
흩날림으로 치른다

각시투구꽃

가을이 다가올 즘
군인들이 쓰던
투구 같기도 하고
수도사가 쓰는
고깔모자와 같은
보라색의 투구꽃이 핀다

작고 섬세한 자줏빛 꽃송이에
가냘프고 가는 보라색 꽃잎이
보는 이의 마음을 적신다

하지만 조심해
그 아름다움이
언제 독이 되어
너에게 돌아올지 몰라

끈질기게 하는 사랑

무궁화는 끈질기다
아침에 피고
저녁에 지고
또 그다음 날 아침에 피고
곧바로 그날 저녁에 지고
사흘 차 아침에 피었다가
어김없이 저녁에 지길 반복한다

어쩌면 무궁화는 너에 대한
나의 마음일지도 모른다

너가 좋았다가
금방 너가 미워지고
또 너가 사랑스럽다가
곧바로 너가 꼴보기 싫다

그래도 무궁화처럼

너와 끈질기게

사랑하고 싶다

죽순

아마도 나는 죽순일 거야

지금은 한 치 앞이 안 보이는
숨막히는 어두운 땅속
옴짝달싹 못 하고
땅에 뿌리내리는 데에만
집중하며 힘쓰고 있지만
몇 번의 사계절이 지나고
비가 내리면
순식간에 대나무가 될 거야

걱정한다는 것

다른 사람을
걱정한다는 것은
불안하다는 것
더 나아가 그 사람을
마음속 깊이
인식하고 있다는 것

다른 사람을
걱정해 주는 것은
그 사람의 공간에
들어가는 것
그 안에서
그 사람이 되어 보고
그 사람을 이해하고
그 사람이 잘되기를
진정으로 기원하는 것

해와 달

해는 달이 더 머물었으면 하고
달은 해가 좀 더 남아 있었으면 하지만
해와 달은 절묘하게 서로를 비껴간다

서로 닿지 못할 운명을 타고난
해와 달은 종종 하늘을 탓하지만
그래도 행복하다

해는 달에게 따뜻한 햇빛을 비출 수 있고
달은 그 환한 햇빛을 담을 수 있어서

쉬어 가세요

많이 힘들 때
내 어깨에 기대도 돼요

세상이 원망스럽고
따가운 햇살이 쏘듯 당신을 아프게 할 때
당신의 얘기를 저에게 해 주세요
제가 당신의 햇빛 가리개가 되어 드릴게요

여기저기서 얻어맞고
마음의 상처가 터져 곪아 고름이 되었을 때
저에게 의지해도 돼요
제가 그 상처를 봉합하는 실밥이 되어 드릴게요

많이 힘들 때
내 어깨를 빌려줄게요

안 좋은 일

안 좋은 일은 왜 한 번에 하나씩 오지 않고
쓰나미처럼 한꺼번에 몰려오는 걸까?

안 좋은 일은 왜 그것을 극복해 낼 힘이 없는
별안간 가장 연약할 때 찾아올까?

안 좋은 일은 왜 온 세상에 자신을
나의 힘듦 보듬어 줄 사람이 한 명 없을 때 올까?

안 좋은 일은 왜 악한 사람에게 오지 않고
하고 많은 사람들 중 가장 선한 사람에게 올까?

그것은 하늘이

우리가
가장 취약하고,
가장 힘없고,

가장 혼자이고,

가장 선할 때,

우리에게 안 좋은 일을 내려서

그것을 견디고 감내해 낼 수 있는 인내와

그것을 이겨 낼 수 있는 의지를 주고

그다음 좋은 일을 만들어 주기 위해서일 거야

수박씨

수박을 먹다 보면
빨간 속살 먹고 싶은 들뜬 마음
가라앉히는 검고 불경한 수박씨

젓가락으로 싹 긁어도
쓱 피하는 비열한 수박씨
입으로 쏙 빼서 퉤 뱉어도
옷 어딘가에 붙은 것 같아
신경 쓰이게 하는 수박씨
손가락으로 툭 쳐도 빼려 해도
검지에 쫙 붙어 떨어지지 않는
아주 넌더리나는 수박씨

하지만 씨를 빼면서
수박 얼른 먹고 싶은 마음 더욱 커지니
어쩌면 수박씨는 메인 요리 전에
먹기 싫어 쏙 빼놓는 에피타이저

젓가락

이 한 몸 주리 틀리고
부글대며 끓는 가마솥 물 속 담겨
살가죽이 부르트고 연거푸 물 들이마셔도
또 가끔 불로 달군 철판에 닿아
시뻘겋게 달구어지며
흐릿한 빛만이 겨우 보이는
축축한 어둠의 심장 속을
수시로 들어갔다 나온다 한들

내 님을 위해서,
님이 살아갈 수 있다면
내 아무리 고되고 괴로워도
또 그대가 입 열었다 해도
당신 괘씸해하지 않고
내 입을 열지 않고
끝까지 묵묵하게 견디겠소

새벽이슬

밤에 열구름이 끼면
그다음 날 새벽엔
어김없이 바람꽃 꽃잎에
이슬이 잠깐 앉아 쉬다가
남 보기가 부끄러워서
아침 햇살이 밝기 전에
숨바꼭질하듯 허겁지겁 숨어 버려
밤새 이슬 볼 생각에
들떠 있던 나의 눈가에
슬픔의 이슬이 맺히게 하네

시골 냄새

근교에서 떨어져 읍에 가면
향긋하진 않지만 정겨움 불러일으키는
옆집 축사 가축 분뇨 냄새와
은은하게 찾아와 코끝을 기웃거리는
앞집 과수원 아카시아 향이 만나
어린 시절의 한 장면이 되살아나고

또 지독하게 내 주위를 맴도는
시골집 앞 은행나무 은행알 터진 냄새와
보드랍고 달콤하게 나를 감싸는
계수나무 향기가 산들바람 타고 뒤섞여
어린 시절 또 다른 추억이 되살아나네
시골 냄새는 아득한 내 어린 시절의 초상(portrait)

사디스틱 맨티스

아리송한 분위기 속
초록빛 광채 풍기며
야릇한 냄새나는 그녀가
곡예 하듯 간드러진 몸짓으로
나를 꾀어내네
뒤가 켕기는 어색함에
멋쩍은 웃음 지으며
상황을 모면하려 하지만
이내 우리는 하나가 되고,
다시 둘이 되네

그러곤 시작되는
영문 모를 폭력
그녀는 나의 배를 때리고
무릎을 걷어차고
맨살을 물어뜯고
눈 속을 찌르고

눈꺼풀을 자르고
장딴지를 베고
아킬레스건을 긋고
머리를 뜯어내네

아아, 이제는 남겨진 형체가 없이
갈 길 떠나려는 그대를
가슴속 메아리로 외쳐 불러도
내 절박함 닿을 리 없고
그대는 그 가볍고 원망스러운 발걸음을
뒤도 돌아보지 않고 옮기네

나 아니꼬워 갈 땐 가더라도
이유는 알려 줘
혹 나의 희생이
당신과 나 사이의 결실으로
맺어질 수 있다면
그걸로 충분하니까

가끔 고속도로보단 국도로

넓고 빠른 것이 특징인 고속도로와 다르게
좁고 느리고 비효율적인 것이 특징인 국도는
가끔 뱀같이 꾸불꾸불 굽기도 하고
뫼비우스의 띠와 같은 숫자 8자 모양도 띠며
레이싱 경기장에서 본 듯한 급커브길도 있고
알파벳 C자 모양으로 휘어 있기도 하고
지그재그로 뻗기도 한다

하지만 모두가 가는 넓고 빠른 길로 가야지
목적지에 도달할 수 있는 것은 아니다
어쩌면 남들이 많이 안 가는
좁고 느리고 비효율적이지만
각자의 개성이 있는 길에서
그 주위 아름다운 풍경을 즐기면서
느릿느릿 여유롭게 가는 것도 방법이다

다시 쓰는 토끼와 거북이 우화

빠르지만 게으른 토끼와
느리지만 꾸준한 거북이 중
과연 누가 이길까 물어보면
반사적으로 나오던 답
"느리지만 꾸준한 거북이요"

하지만 현실은
빠르고 꾸준한 토끼가
느리지만 꾸준한 거북이를 이긴답니다

해 진 후 산능선

전기가 없는 산골에서는
해가 산 뒤로 넘어가면
산의 봉우리와 봉우리를 잇는
산등성이의 선을 기준으로
그 위에는 옅은 흑적색
아래는 짙은 흑황색을 띤다

마치 남녀가 혼연일체가 되어
깨끗하게 맞물리는 듯한
황홀한 태초의 풍경

실버 라이닝(Silver Lining)

하는 일마다 잘 안 풀려서

도저히 한 걸음 더 디딜 힘 없을 때

날 힘들게 하는 세상이 덧없게 느껴지고

나의 허울 두둔해 줄 가까운 사람 한 명 없을 때

절대로 희망을 잃지 마세요

잘 살펴보면,

아주 잘 살펴보면,

인생의 먹구름 사이를

온전히 비집고 나오는

한 가닥의 은색 햇빛 띠가 있으니까요

백학

이 세상의 비속함과 저속함을
뒤로하고 비상하는 백학을 보고도
어찌 가슴에 사무치는 설렘을 받지 않겠는가?

고상한 날갯짓으로
세속의 물들임 털어내고
그 희망찬 생명력을
청연하게 발산하며
떠오르는 순수의 백학

그 수려함은
보는 모든 이들로 하여금
높이 날아오르게 하네

벼농사할 즈음

벼농사할 즈음
모 심으려고 모아 둔 물에
지평선부터 시작되는
뭉게구름 비춰지어
하나의 거대한 빙산이 되고

밭 뒤에서 묵묵히 자리를 지키는
낮은 언덕 동산 비춰지어
길쭉한 타원형이 혹등고래가 되면

삽시간에 하나의 생태계가 만들어지고
그곳에서 나만의 작은 우주를 그린다

개구리 울음소리

개굴아,
너는 뭐가 그리 슬퍼
밤새도록 청승맞게 울며
내 마음속을 후비는가?

그 하잘것없고 한결 같은
목소리로 하염없이 울면서
하릴없이 긴 밤 지새면
공허한 너의 마음 채워지던가?

이제 너의 이야기 충분히 들었으니
더 이상 이엄이엄 한탄 읊으며
악착같이 농성하지 말고
얼른 자거라

타향살이

타향살이란
사랑하는 사람과 떨어져서
매일 가슴이 사무치게 그리워하는 것

타향살이란
낯선 곳에서 중심에 끼지 못하고
변두리 생활을 하는 것

타향살이란
자신을 이루던 모든 것에서 벗어나
새로운 자신을 일구어 내는 것

영순위

그대의 영순위는 무엇인지
조바심 내어 물어보지만
돌아오는 대답이 내가 아니어도
나는 당신이랍니다

일방통행 사랑

기다리면 이뤄질 것이란 말만 믿고
밤새 괜스레 사립짝문을 닫았다 열었다
미닫이문을 밀어 열었다 닫았다
미욱하게 그대 답신 기다렸는데
역시 호락호락하게
이어질 운명이 아니었나 봅니다

당신의 환한 웃음 없이는
이 보잘것없는 몸 더 야위고
얼굴은 금방 핼쑥해지며
빛깔 바래는 나의 심정
그대는 헤아릴 일 없겠죠

오늘도 나는 서로 만날 수 없는
편도 1차선 도로에서
그대가 역주행하기를 기다리며
일방통행 사랑을 하고 있습니다

12월 25일

일 년 내내 하던 일 잠시 내려놓고
소중한 사람들과 포인세티아 꽃 밑에
삼삼오오 모여 캐롤 노래를 듣고
바빠서 못 나눈 대화 나누는
12월 25일이 되기 전
나의 마음은 오히려 무겁다

아니 무섭다

작년보다 더욱 혼자가 된 내 모습 때문에
이와는 무관하게 어김없이 찾아오는
즐겁지 않지만 즐거워야 하는 크리스마스 때문에

찬란했던 과거여

흘러가는 세월에 찬탈당한
찬란했던 과거여

승자독식의 세계에 강탈당한
청렴했던 과거여

근심으로 가득 찬 속세에 약탈당한
순수했던 과거여

그 상실의 기로에 서 있는 내가
초연함으로 이 세상이 주는 아픔에
잘 대처할 수 있게 도와주소서

삶의 궤도

당신의 눈웃음 한 번으로
내 짧은 인생에 의미가 부여되고
당신의 미소 한 번으로
앞으로 살아갈
삶의 궤적이 바뀌었습니다

당신이 나타남으로
나는 반복되고 의미 없던
나의 삶의 궤도에서
떨어져 나갔습니다

애물단지

버리기엔 애절하고
그렇다고 일평생 끌고 가기엔 성가신
너를 남몰래 사랑하는 내 마음은
애물단지

Feel the time, Fear the time, and Fill the time

시간은 인종, 젠더, 나이를 불문하고
모두에게 공평한 재판관

시간은 돈으로 살 수 없는
이 세상에서 가장 값비싼 보물

시간은 다시는 되돌릴 수 없는
이미 발사된 총알

시간은 모든 상처를 결국에는 치유하는
조금은 느린 만병통치약

시간은 언제나 나와 함께한
나의 가장 친한 친구

시간은 우리 삶이 한정적이라는 것을
다시금 일깨워 주는 경종

So,

Feel the time, fear the time, and fill the time!!!

모든 것의 이면을 보세요

미소 짓는다고 천사가 아니고
인상 쓴다고 악마가 아니에요

심각하다고 깊은 것 아니고
가볍다고 얕은 건 아니에요

우울하다고 불행한 것 아니고
활력이 있다고 행복한 것 아니에요

말이 없다고 모르는 것이 아니고
말이 많다고 아는 것이 아니에요

그러니 겉보다는
그 이면을 바라봐 주세요

열심히 하는 사랑

열심히 하는 사랑은
진정한 사랑이 아니다

노력하는 사랑은
참사랑이 아니다

참사랑은 그저 묻어나오는,
그저 눈만 봐도 알아서
서로 의식적으로
노력하지 않아도 되는
자연스러운 물결의 흐름이고
바람의 살랑임이다

똥이 더러워서 피하는 것에 대하여

똥이 무서워서 피하는 것이 아니라
더러워서 피한다는 말의 이면에는
책임 회피적인 측면이 다분히 존재한다
사람들이 기피하는 똥을
내가 아닌 다른 사람이 치워 줄 것을
기대하는 것이니까

똥이 무서워서 피하는 것이 아니라
더러워서 피한다는 말 너머에는
이기적인 측면이 분명히 존재한다
사람들에게 피해를 주는 오물이
더러우니 나는 만지지 않겠다 하는
저의를 가지고 있으니

나의 야누스여

오 나의 야만적인 야누스여
봄날 아지랑이
어지럽게 피어오를 즈음
그대 내 마음을
아수라장으로 만들었소

앞과 뒤가 다른 그대의 모습에
내 애꿎은 가슴에서 공명하는
처절한 아우성이 들리십니까?

그 마음속 깊은 곳 애처로움이
씻겨지지 않는 앙금이 되어
오늘도 그대를 원망합니다

손뼉을 마주치려면

손뼉을 마주치려면
두 개의 손이 필요하고

손뼉을 마주치려면
왼손과 오른손이 가지런하게 있어야 하고

손뼉을 마주치려면
그 두 손이 정확한 타이밍에 맞물려야 한다

손뼉을 마주치는 것은
사랑을 하는 것과 같다

그대, 슬퍼하지 마세요

비 온 뒤 당신
어두컴컴하다면
내가 햇빛 비춰
무지개 만들어
당신의 어두움
환하게 밝혀 줄게요

슬픔으로 축축했던
당신의 마음을
내가 비로 씻겨 내려
단단하게 해 드릴게요

그대, 슬퍼하지 마세요

가장의 책임감

그대 어깨 많이 무거워도
우리에게 힘들다는 내색 않고
혼자서 조용히 삭히고
어려움에 밤 지새울 때도
자나깨나 우리 지키느라
많이 힘드셨죠?

이제는 그대 어깨의 짐
내가 들어 줄게요
그대 마음속의 부담
내가 덜어 줄게요